어린이를 위한 사자소학 따라쓰기

HRS 학습센터 기획 · 엮음

루돌프

사자소학은 어떤 책일까?

《사자소학》은 서당에서 아이들이 천자문을 익히기 전에 배우던 학습서로, 한자와 일상생활의 예의범절을 가르치기 위해 만든 책입니다. 주희의《소학》과 여러 경전의 내용을 알기 쉽게 네 글자의 한자로 편집하여 만들었다고 해서 '사자소학'이라고 부르지요. 누가, 언제 이 책을 만들었는지는 정확히 알려지지 않았지만 여러 사람이 손으로 쓴 몇 가지 필사본이 전해지고 있습니다. 내용은 조금씩 달라도 올바른 인성을 기르는 데 필요한 가르침을 전한다는 점에서는 모두 같아요.

《사자소학》은 어떤 내용을 담고 있을까요? 이 책은 자녀는 부모님께 어떻게 효도해야 하는지(효행 편), 형제자매는 서로 어떻게 아껴야 하는지(형제 편), 제자는 스승을 어떻게 섬겨야 하는지(사제 편), 친구끼리 어떻게 사귀어야 하는지(붕우 편), 스스로 몸과 마음을 어떻게 닦아야 하는지(수신 편)를 알려줍니다. 그래서 이 세상을 살아가면서 맺게 되는 모든 인간관계에서 어려움을 만나도 슬기롭게 대처하게 이끌어주지요.

그런데 옛날에 조상들이 배웠던 책을 왜 지금 읽어야 할까요? 옛날이나 지금이나 인간의 도리는 같기 때문입니다. 《사자소학》은 인간이라면 꼭 지켜야 할 가장 기본적인 행동기준을 가르치고 있어서 이것을 알면 예의 바르고 반듯한 사람으로 자라게 해줍니다. 그래서 이 책은 어릴 때 읽어도 좋고, 어른이 되어서 삶의 기준이 흔들릴 때 다시 읽어도 좋지요.

쉬운 네 글자로 되어 있지만 한 번 읽어서는 무슨 뜻인지 이해하기 어려울 수도 있습니다. 눈으로 보고, 입으로 읽고, 손으로 따라 쓰면서 여러 번 뜻을 되새기다 보면 선현의 지혜로운 가르침을 이해할 수 있을 거예요. 매일매일 꾸준히 따라 쓰면서 몸과 마음을 깨끗하게 닦아 보세요.

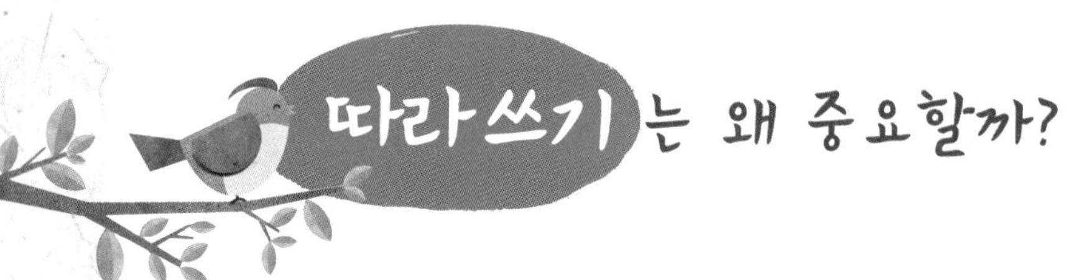

따라쓰기는 왜 중요할까?

따라쓰기, 베껴쓰기는 '필사'라고도 해요. 필사의 역사는 매우 오래되었답니다. 오래 전에는 책을 만들려면 필사를 해야 했어요. 책 한 권을 두고 여러 사람이 베껴 써서 다른 한 권의 책을 만들었으니까요.

하지만 최근에는 필사를 하는 이유가 책을 만들기 위해서는 아니에요. 그렇다면 왜 책을 베껴 쓰는 것일까요? 그것은 몇 가지 이유가 있답니다.

첫 번째로, 책을 따라 쓰면 그 책의 내용을 자세히 그리고 정확히 알 수 있어요.

요즘처럼 컴퓨터 키보드로 입력하거나 눈으로 후루룩 읽으면 그 당시에는 다 아는 것 같아도 금방 잊혀지고 말아요. 그러나 책의 내용을 눈으로 보면서 손으로는 따라 쓰고, 입으로는 소리 내어 읽으면 책의 내용을 훨씬 더 자세히 익힐 수 있어요. 작가가 어떤 이유로, 어떤 마음으로 책을 썼는지 파악할 수 있는 힘도 기를 수 있지요. 그러니까 책을 따라 쓴다는 것은 꼼꼼히 읽는 또 다른 방법이라고 할 수 있어요.

두 번째로, 책을 따라 쓰면 손끝을 자극하기 때문에 뇌 발달에 도움이 되어요.

손은 우리 뇌와 가장 밀접하게 연결되어 있어요. 손을 많이 움직이고, 정교하게 움직이면 뇌에 자극을 주기 때문에 뇌의 운동이 활발해지지요. 글을 쓰는 것은 손을 가장 잘 움직일 수 있는 방법 가운데 하나예요. 그렇기 때문에 따라쓰기를 통해 뇌의 근육을 키워 머리가 좋아질 수 있지요.

세 번째로, 책을 한 줄 한 줄 따라 쓰다 보면 정서를 풍부하게 해주어요.

한 자리에 앉아서 한 자, 한 자 정성 들여 옮겨 쓴다는 것은 절대 쉬운 일이 아니에요. 특히 여러 가지 전자기기 때문에 인내심이 사라진 요즘에는 좀이 쑤시는 일일 수도 있어요. 하지만 처음에는 조금 힘들어도 따라쓰기에 재미를 붙이면 어느새 마음도 차분해지고, 감성도 풍부해지고 글을 즐길 수 있는 마음의 여유도 생긴답니다.

바로 이런 이유 때문에 지금도 필사의 중요성은 계속되고 있지요. 여러분도 이 책을 통해 따라쓰기, 베껴쓰기의 중요성과 즐거움을 알게 되었으면 좋겠네요.

자, 이제부터 지혜로운 선현의 말씀에 귀를 기울이며 따라쓰기를 시작해 보세요!

01

하루에 하나씩 함께 써 봐요!

월 일

효행편

아버지는 나를 낳으시고, 어머니는 나를 기르셨다.
배로 나를 품어 주시고, 젖으로 나를 먹여 주셨다.

예문을 따라 한 자 한 자 예쁘게 써 보세요.

직접 써 보세요.

여러분은 아버지와 어머니 덕분에 이 세상에 태어났어요. 부모님이 없으면 여러분도 없는 거죠.
항상 감사한 마음 갖는 거 잊지 마세요.

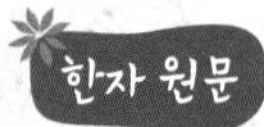

父生我身 母鞠吾身 腹以懷我 乳以哺我
부생아신 모국오신 복이회아 유이포아

효행편 옷으로 나를 따뜻하게 해주시고, 음식으로 나를 배부르게 해주신다. 부모님의 은혜는 하늘처럼 높고, 덕은 땅처럼 두텁다.

 예문을 따라 한 자 한 자 예쁘게 따라 써 보세요.

	옷	으	로		나	를		따	뜻	하	게		해	주	시
고	,	음	식	으	로		나	를		배	부	르	게		해
주	신	다	.		부	모	님	의		은	혜	는		하	늘	처
럼		높	고	,		덕	은		땅	처	럼		두	텁	다	.

직접 써 보세요.

부모님은 여러분을 남부럽지 않게 키우려고 열심히 일하신답니다.
이런 부모님의 은혜에 보답하려면 어떻게 해야 할까요?

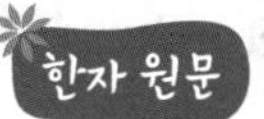

以衣溫我 以食飽我 恩高如天 德厚似地
이의온아 이식포아 은고여천 덕후사지

03 하루에 하나씩 함께 써 봐요!

월 일

효행편

부모님께서 부르시면, '예' 하고 대답하고 빨리 달려가라.
부모님께서 야단을 치셔도, 화내지 말고 말대꾸도 하지 마라.

예문을 따라 한 자 한 자 예쁘게 써 보세요.

직접 써 보세요.

때로는 부모님께 야단을 맞을 수도 있습니다.
속상하다고 화내지 말고 부모님 말씀을 곰곰이 생각해 보세요.

父母呼我 唯而趨之 父母責之 勿怒勿答
부모호아 유이추지 부모책지 물노물답

월 일

효행편

내가 착한 행동을 하면 명예가 아버지와 어머니께 미친다.
내가 못된 행동을 하면 욕 또한 아버지와 어머니께 미친다.

 예문을 따라 한 자 한 자 예쁘게 써 보세요.

 직접 써 보세요.

여러분이 밖에 나가서 바르게 행동하면 사람들은 여러분을 잘 키웠다고 부모님을 칭찬하죠.
그러니 나쁜 일을 하면 부모님 욕 먹이는 일임을 잊지 마세요.

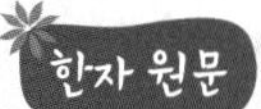

我身能善 譽及父母 我身不善 辱及父母
아신능선 예급부모 아신불선 욕급부모

05 하루에 하나씩 함께 써 봐요!

월 일

효행편 만약 맛있는 과일을 얻으면 돌아가서 아버지와 어머니께 드려라.

예문을 따라 한 자 한 자 예쁘게 써 보세요.

	만	약		맛	있	는		과	일	을		얻	으	면	
돌	아	가	서		아	버	지	와		어	머	니	께		드
려	라.														

직접 써 보세요.

부모님이 좋아하시는 음식은 무엇일까요?
알아두었다가 몸이 편찮으실 때 챙겨드리면 기뻐하실 거예요.

한자 원문 若得美果 歸獻父母
약 득 미 과 귀 헌 부 모

효행편

부모님께서 누워서 말씀하시면 고개를 숙이고 듣고, 앉아서 말씀하시면 무릎을 꿇고 앉아서 듣고, 서서 말씀하시면 서서 들어라.

 예문을 따라 한 자 한 자 예쁘게 써 보세요.

부모님께서 누워서 말씀하시면 고개를 숙이고 듣고, 앉아서 말씀하시면 무릎을 꿇고 앉아서 듣고, 서서 말씀하시면 서서 들어라.

 직접 써 보세요.

부모님께서 말씀하시는데 누워서 들은 적은 없나요?
부모님께는 항상 공손한 태도로 대해야함을 잊지 마세요.

父母臥命 俯首聽之 坐命跪聽 立命立聽
부 모 와 명 부 수 청 지 좌 명 궤 청 입 명 립 청

월 일

효행편

몸과 몸에 난 털과 피부는 부모님께 받은 것이다.
감히 상처 나게 하지 않는 것이 효도의 시작이다.

예문을 따라 한 자 한 자 예쁘게 써 보세요.

직접 써 보세요.

위험한 장난을 치다가 몸에 상처라도 나면 부모님께서 마음 아파하실 테니 항상 조심하세요.

身體髮膚 受之父母 不敢毁傷 孝之始也
신체발부 수지부모 불감훼상 효지시야

효행편 옷이 비록 좋지 않아도 부모님께서 주시면 반드시 입어라.

 예문을 따라 한 자 한 자 예쁘게 써 보세요.

 직접 써 보세요.

부모님께서 사주신 점퍼가 마음에 들지 않더라도 추운 날 감기 걸릴까 걱정하며 사다주신 부모님의 마음을 생각하세요. 당연히 감사한 마음으로 입어야겠죠?

衣服雖惡 與之必着
의 복 수 악 여 지 필 착

09 하루에 하나씩 함께 써 봐요!

월 일

효행편

음식이 비록 먹기 싫어도 부모님께서 주시면 꼭 맛을 보아라.
그릇에 음식이 있어도 부모님께서 주시지 않으면 먹지 마라.

예문을 따라 한 자 한 자 예쁘게 써 보세요.

직접 써 보세요.

먹기 싫은 음식이라도 부모님께서 주시면 맛있게 먹어야 하는 이유는 무엇일까요?
부모님이 여러분에게 해가 되는 음식을 권하실 리는 없을 테니까요.

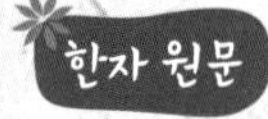

飮食雖厭 賜之必嘗 器有飮食 不與勿食
음식수염 사지필상 기유음식 불여물식

효행편

아버지와 어머니께서 입으실 옷이 없으면, 내가 입을 옷을 생각하지 마라. 아버지와 어머니께서 드실 음식이 없으면, 내가 먹을 음식을 생각하지 마라.

예문을 따라 한 자 한 자 예쁘게 써 보세요.

	아	버	지	와		어	머	니	께	서		입	으	실	
옷	이		없	으	면	,	내	가		입	을		옷	을	
생	각	하	지		마	라	.	아	버	지	와		어	머	니
께	서		드	실		음	식	이		없	으	면	,	내	가
먹	을		음	식	을		생	각	하	지		마	라	.	

직접 써 보세요.

생각해 볼까요?

옷을 입고, 음식을 먹는 것처럼 기본적인 행동에서도 나보다는 부모님을 번저 생각하는 것이 효도랍니다. 지금 여러분이 할 수 있는 효도에는 어떤 것이 있는지 생각해 보세요.

父母無衣 毋思我衣 父母無食 毋思我食
부 모 무 의 무 사 아 의 부 모 무 식 무 사 아 식

11

하루에 하나씩 함께 써 봐요!

월 일

효행편

아버지와 어머니께서 사랑해 주시면 기뻐하며 잊지 마라.
아버지와 어머니께서 미워하시면 두려워하며 원망하지 마라.

예문을 따라 한 자 한 자 예쁘게 써 보세요.

직접 써 보세요.

생각해 볼까요?

부모님께 야단을 맞으면 부모님이 지금껏 주신 사랑은 마음속에서 몽땅 사라져버릴 때가 있지요? 그런 순간에 이 말을 떠올릴 수 있도록 가슴에 새겨 보세요.

한자 원문

父母愛之 喜而勿忘 父母惡之 懼而勿怨
부모애지 희이물망 부모오지 구이물원

월 일

효행편

평생에 한 번이라도 속이면 그 죄가 산처럼 크다. 만약 서쪽으로 놀러 간다고 말씀을 드렸으면 다시 동쪽으로 가지 마라.

 예문을 따라 한 자 한 자 예쁘게 써 보세요.

 직접 써 보세요.

부모님께 거짓말을 하면 안 된다는 뜻이에요. 그럼 왜 부모님께 거짓말을 하면 안 될까요?

平生一欺 其罪如山 若告西遊 不復東征
평생일기 기죄여산 약고서유 불부동정

13 하루에 하나씩 함께 써 봐요!

월 일

효행편

높은 나무에 오르지 마라. 아버지와 어머니께서 걱정하신다.
사람들과 싸우지 마라. 아버지와 어머니께서 걱정하신다.

예문을 따라 한 자 한 자 예쁘게 써 보세요.

직접 써 보세요.

부모님께서 하지 말라고 하셨는데 고집을 부리며 하는 행동은 없는지 생각해 보세요.
부모님 말씀에는 다 이유가 있답니다.

한자 원문 莫登高樹 父母憂之 勿與人鬪 父母憂之
막등고수 부모우지 물여인투 부모우지

효행편

부모님을 이렇게 섬기면 사람의 자식이라고 말할 수 있다.
부모님을 이렇게 섬기지 못한다면 짐승과 다른 것이 없다.

 예문을 따라 한 자 한 자 예쁘게 써 보세요.

	부	모	님	을		이	렇	게		섬	기	면		사	람
의		자	식	이	라	고		말	할		수		있	다	.
부	모	님	을		이	렇	게		섬	기	지		못	한	다
면		짐	승	과		다	른		것	이		없	다	.	

 직접 써 보세요.

지금까지 따라 쓰면서 부모님을 어떻게 대해야 하는지 잘 기억해 두었지요?
부모님을 공경하지 않는 사람은 진정한 사람이라고 할 수 없답니다.

事親如此 可謂人子 不能如此 禽獸無異
사친여차 가위인자 불능여차 금수무이

15 하루에 하나씩 함께 써 봐요!

월 일

형제편

나와 형제는 부모님의 피를 함께 받았다.
형은 나보다 먼저 태어났고, 동생은 나보다 나중에 태어났다.

예문을 따라 한 자 한 자 예쁘게 써 보세요.

직접 써 보세요.

오빠, 언니, 누나, 형, 여동생, 남동생이 있나요? 형제자매는 부모님의 피를 함께 나눈 소중한 사람이랍니다. 사이좋게 지내야겠죠?

我及兄弟 同受親血 兄生我前 弟生我後
아 급 형 제 동 수 친 혈 형 생 아 전 제 생 아 후

형제편

뼈와 살은 비록 나누어져 있지만 본래는 하나의 기운에서 태어났다.
몸과 모습은 비록 다르지만 본래는 하나의 피를 받았다.

 예문을 따라 한 자 한 자 예쁘게 써 보세요.

뼈와 살은 비록 나누어져 있지만 본래는 하나의 기운에서 태어났다. 몸과 모습은 비록 다르지만 본래는 하나의 피를 받았다.

 직접 써 보세요.

가족은 서로 다르게 생겼지만 닮은 부분도 있답니다. 부모님과 형제자매를 한 사람씩 떠올리면서 어디가 닮았는지 한번 찾아보세요.

한자 원문 骨肉雖分 本出一氣 形體雖異 素受一血
골육수분 본출일기 형체수이 소수일혈

17 하루에 하나씩 함께 써 봐요!

월 일

형제편

형제자매는 하나의 기운을 받고 태어났다. 비록 다른 친척이 있다고 해도 어떻게 형제자매와 같을 수 있겠는가?

예문을 따라 한 자 한 자 예쁘게 써 보세요.

직접 써 보세요.

매일 얼굴을 보면서 많이 싸우고 때로는 밉기도 하지요? 하지만 어려운 일이 있을 때 도움을 주고받을 수 있는 가장 가까운 사람이랍니다.

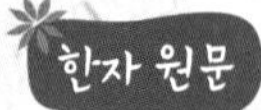

兄弟姉妹 同氣而生 雖有他親 豈能如此
형 제 자 매 동 기 이 생 수 유 타 친 기 능 여 차

형제편 쌀 한 톨도 반드시 나누어 먹어야 한다.
물 한 잔도 반드시 나누어 마셔야 한다.

 예문을 따라 한 자 한 자 예쁘게 써 보세요.

	쌀		한		톨	도		반	드	시		나	누	어	
먹	어	야		한	다	.	물		한		잔	도		반	드
시		나	누	어		마	셔	야		한	다	.			

 직접 써 보세요.

맛있는 것이 있으면 혼자 다 먹지 말고 형제자매와 나누어 먹어요.
먹는 양은 적을지 몰라도 즐거운 마음은 두 배가 된답니다.

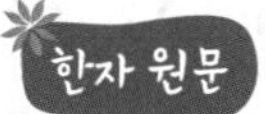

一粒之穀 必分而食 一盃之飮 必分而飮
일립지곡 필분이식 일배지음 필분이음

19

하루에 하나씩 함께 써 봐요!

월 일

형제편

형에게 입을 옷이 없으면 동생이 반드시 드려야 한다.
동생에게 입을 옷이 없으면 형이 반드시 주어야 한다.

예문을 따라 한 자 한 자 예쁘게 써 보세요.

직접 써 보세요.

형제끼리, 자매끼리 서로 멋지고 예쁜 옷을 입겠다고 싸우지는 않나요?
형은 동생을 돌보고 동생은 형을 공경하는 마음을 가져 보세요.

兄無衣服 弟必獻之 弟無衣服 兄必與之
형 무 의 복 제 필 헌 지 제 무 의 복 형 필 여 지

20

하루에 하나씩 함께 써 봐요!

형제편

형이 비록 나를 야단치더라도 감히 화를 내고 원망하면 안 된다.
동생에게 비록 잘못이 있더라도 큰 소리로 야단치면 안 된다.

 예문을 따라 한 자 한 자 예쁘게 써 보세요.

 직접 써 보세요.

형제자매는 서로 잘못을 일깨워주고 또 잘못을 너그럽게 용서해주는 사이랍니다.
오늘 나는 형제자매를 위해 어떤 일을 했는지 생각해 보세요.

兄雖責我 不敢怒怨 弟雖有過 須勿聲責
형수책아 불감노원 제수유과 수물성책

21 하루에 하나씩 함께 써 봐요!

월 일

형제편

형에게 잘못이 있으면 동생은 온화한 기색으로 말해야 한다.
동생에게 잘못이 있으면 형은 온화한 목소리로 일러 주어야 한다.

예문을 따라 한 자 한 자 예쁘게 써 보세요.

	형	에	게		잘	못	이		있	으	면		동	생	은
온	화	한		기	색	으	로		말	해	야		한	다	.
동	생	에	게		잘	못	이		있	으	면		형	은	
온	화	한		목	소	리	로		일	러		주	어	야	
한	다	.													

직접 써 보세요.

형제자매가 잘못을 저지르면 여러분은 어떻게 하나요? 무조건 화를 내기보다는 왜 그랬는지 들어 보고 잘못을 뉘우치도록 도와주세요.

兄有過失 和氣以諫 弟有過失 怡聲以訓
형 유 과 실 화 기 이 간 제 유 과 실 이 성 이 훈

22 하루에 하나씩 함께 써 봐요!

형제편

내가 형을 때리는 것은 아버지와 어머니를 때리는 것과 같다.
내가 형제를 속이는 것은 아버지와 어머니를 속이는 것과 같다.

 예문을 따라 한 자 한 자 예쁘게 써 보세요.

	내	가		형	을		때	리	는		것	은		아	버
지	와		어	머	니	를		때	리	는		것	과		같
다	.	내	가		형	제	를		속	이	는		것	은	
아	버	지	와		어	머	니	를		속	이	는		것	과
같	다	.													

 직접 써 보세요.

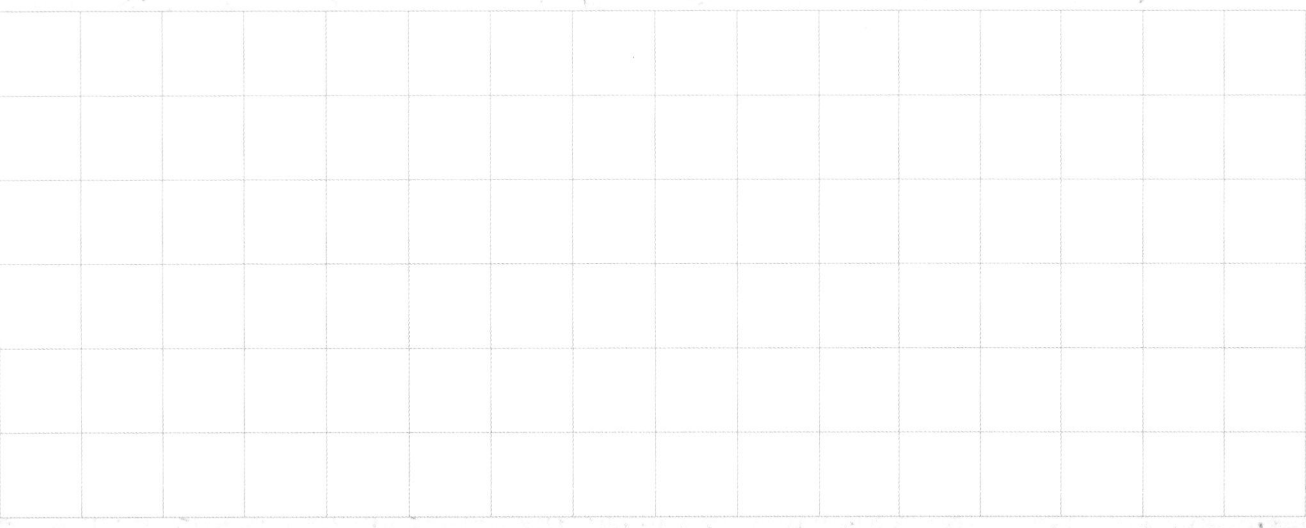

왜 언니, 누나, 형, 오빠를 부모님을 대하듯이 해야 할까요? 부모님이 돌아가시면 이 세상에 남는 가족이 누구일지 곰곰이 생각해 보세요.

我打我兄 猶打父母 我欺兄弟 如欺父母
아타아형 유타부모 아기형제 여기부모

23 하루에 하나씩 함께 써 봐요!

월 일

형제편

내가 효도하면 형과 동생도 또한 본받는다.
내가 효도하지 않으면 형과 동생도 또한 본받는다.

예문을 따라 한 자 한 자 예쁘게 써 보세요.

	내	가		효	도	하	면		형	과		동	생	도	
또	한		본	받	는	다	.	내	가		효	도	하	지	
않	으	면		형	과		동	생	도		또	한		본	받
는	다	.													

직접 써 보세요.

생각해 볼까요?

형제자매는 서로의 행동을 그대로 비춰 주는 거울입니다. 내가 부모님 말씀을 듣지 않으면 동생도 그대로 따라 할 수 있답니다.

한자 원문

我身能孝 兄弟亦效 我身不孝 兄弟亦則
아 신 능 효 형 제 역 효 아 신 불 효 형 제 역 칙

형제편

내가 근심하고 걱정하면 형과 동생도 근심하고 걱정한다.
내가 기뻐하고 즐거워하면 형과 동생도 기뻐하고 즐거워한다.

 예문을 따라 한 자 한 자 예쁘게 써 보세요.

 직접 써 보세요.

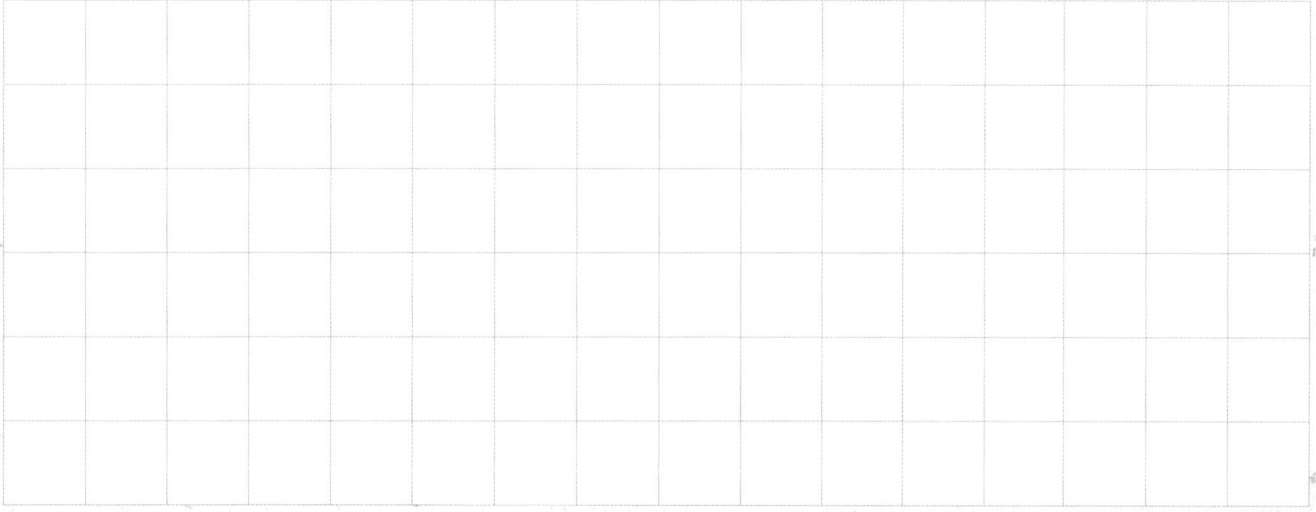

걱정은 나누면 반이 되고 기쁨은 나누면 두 배가 된다는 말을 들어본 적이 있지요?
힘든 일도 기쁜 일도 곁에 있는 형제자매와 함께 나누어 보세요.

我有憂患 兄弟亦憂 我有歡樂 兄弟亦樂
아 유 우 환 형 제 역 우 아 유 환 락 형 제 역 락

25 하루에 하나씩 함께 써 봐요!

월 일

형제편

형이 외출하여 늦게 오면 동생이 문에 기대어 기다리고, 동생이 나가서 돌아오지 않으면 형이 높은 곳에 올라가서 바라보아라.

예문을 따라 한 자 한 자 예쁘게 써 보세요.

	형	이		외	출	하	여		늦	게		오	면		동
생	이		문	에		기	대	어		기	다	리	고	,	동
생	이		나	가	서		돌	아	오	지		않	으	면	
형	이		높	은		곳	에		올	라	가	서		바	라
보	아	라	.												

직접 써 보세요.

부모 형제가 밤이 되어도 집에 오지 않으면 걱정되지요? 여러분도 나가기 전에 항상 어디에 가는지, 몇 시쯤에 돌아오는지 알리도록 하세요.

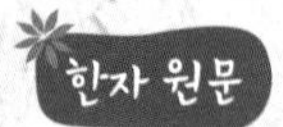

我出晚來 倚門俟之 弟出不還 登高望之
아출만래 의문사지 제출불환 등고망지

형제편

내가 다른 사람의 부모님을 섬기면 다른 사람도 나의 부모님을 섬긴다. 내가 다른 사람의 형을 공경하면 다른 사람도 나의 형을 공경한다.

 예문을 따라 한 자 한 자 예쁘게 써 보세요.

	내	가		다	른		사	람	의		부	모	님	을	
섬	기	면		다	른		사	람	도		나	의		부	모
님	을		섬	긴	다	.	내	가		다	른		사	람	의
형	을		공	경	하	면		다	른		사	람	도		나
의		형	을		공	경	한	다	.						

 직접 써 보세요.

남에게 대접받고 싶은 대로 남에게 대접하라는 말이 있습니다.
내가 먼저 친구의 가족에게 예의 바르게 행동하면 친구도 좋아할 거예요.

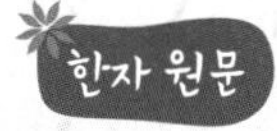

我事人親 人事我親 我敬人兄 人敬我兄
아 사 인 친 인 사 아 친 아 경 인 형 인 경 아 형

27 하루에 하나씩 함께 써 봐요!

월 일

형제편

형과 동생이 다투고 싸우면 집안이 즐겁지 않고, 형과 동생이 사이좋게 지내면 아버지와 어머니께서 기뻐하신다.

예문을 따라 한 자 한 자 예쁘게 써 보세요.

직접 써 보세요.

형제자매가 사이좋게 지내면 부모님은 정말 기뻐하신답니다.
형제자매와 사이좋게 지내려면 어떻게 해야 할까요?

兄弟爭鬪 滿堂不樂 兄弟和睦 父母喜之
형 제 쟁 투 만 당 불 락 형 제 화 목 부 모 희 지

28 하루에 하나씩 함께 써 봐요!

사제편

스승이 덕으로 가르치면 삼가 받들어 바른길로 가는 지혜를 깨닫는다.
가르치지 않으면 알지 못하고, 알지 못하면 행동할 수 없다.

 예문을 따라 한 자 한 자 예쁘게 써 보세요.

	스	승	이		덕	으	로		가	르	치	면		삼	가
받	들	어		바	른	길	로		가	는		지	혜	를	
깨	닫	는	다	.	가	르	치	지		않	으	면		알	지
못	하	고	,	알	지		못	하	면		행	동	할		수
없	다	.													

 직접 써 보세요.

배우지 않으면 무엇이 옳은지 틀렸는지 알지 못하지요?
선생님께서 하시는 말씀을 잘 듣고 배우면 무엇이 옳은지 쉽게 알 수 있답니다.

師德弟愼 正道智覺 非敎不知 非知不行
사덕제신 정도지각 비교부지 비지불행

29 하루에 하나씩 함께 써 봐요!

월 일

사제편

너 스스로 알게 된 것이 아니라 스승이 이를 가르쳤다.
너 스스로 행동한 것이 아니라 스승이 이를 이끌었다.

예문을 따라 한 자 한 자 예쁘게 써 보세요.

직접 써 보세요.

모두 선생님께서 가르쳐주셨기에 여러분이 알고 있고, 행동할 수 있다는 뜻입니다.
오늘은 선생님께 무엇을 배웠나요?

非爾自知 惟師敎之 非爾自行 惟師導之
비 이 자 지 유 사 교 지 비 이 자 행 유 사 도 지

30 하루에 하나씩 함께 써 봐요!

사제편

효도를 하고 공경할 수 있는 것은 모두 스승의 은혜 때문이다.
알 수 있고 행동할 수 있는 것은 모두 스승의 공이다.

 예문을 따라 한 자 한 자 예쁘게 써 보세요.

	효	도	를		하	고		공	경	할		수		있	는
것	은		모	두		스	승	의		은	혜		때	문	이
다	.	알		수		있	고		행	동	할		수		있
는		것	은		모	두		스	승	의		공	이	다	.

 직접 써 보세요.

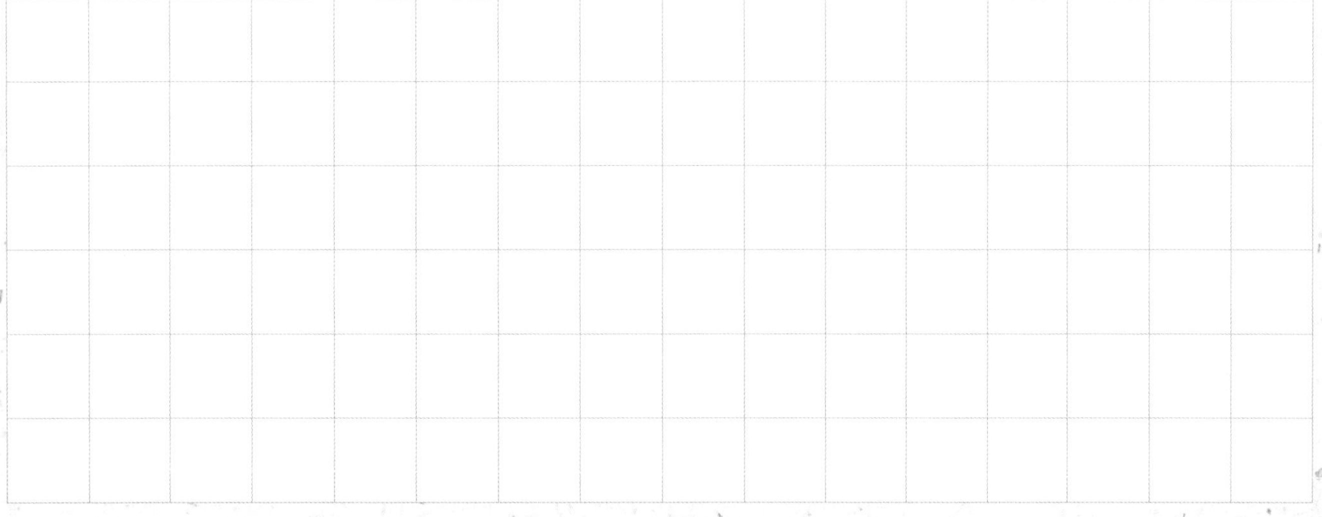

학교에서 공부를 가르쳐주시는 선생님도 스승이지만 여러분에게 가르침을 주는 모든 사람이 스승이랍니다. 선생님 말고 또 나에게 스승이 될 수 있는 사람은 누구일까요?

한자 원문 能孝能悌 莫非師恩 能知能行 摠是師功
(능효능제 막비사은 능지능행 총시사공)

31 하루에 하나씩 함께 써 봐요!

월 일

사제편

스승이 편찮으시면 즉시 약을 지어서 드려야 한다.
스승께 옷과 이불이 없으면 즉시 드려야 한다.

예문을 따라 한 자 한 자 예쁘게 써 보세요.

	스	승	이		편	찮	으	시	면		즉	시		약	을
지	어	서		드	려	야		한	다	.	스	승	께		옷
과		이	불	이		없	으	면		즉	시		드	려	야
한	다	.													

직접 써 보세요.

선생님은 여러분에게 많은 것을 가르쳐주시는 분이니까 항상 공손히 섬겨야 한다는 뜻입니다.
어떻게 하면 선생님을 공경할 수 있는지 생각해 보세요.

한자 원문 師有疾病 卽必藥之 師乏衣衾 卽必獻之
사유질병 즉필약지 사핍의금 즉필헌지

32 하루에 하나씩 함께 써 봐요!

사제편

너희 아이들에게 묻노라. 혹시 스승의 은혜를 잊었는가?
그 은혜와 그 공이 또한 천지와 같다.

 예문을 따라 한 자 한 자 예쁘게 써 보세요.

	너	희		아	이	들	에	게		묻	노	라	.	혹	시
스	승	의		은	혜	를		잊	었	는	가	?		그	
은	혜	와		그		공	이		또	한		천	지	와	
같	다	.													

 직접 써 보세요.

'천지'는 하늘과 땅을 가리키는 말입니다. 선생님의 은혜가 하늘처럼 높고 땅처럼 넓어서 셀 수 없으므로 잊어서는 안 된다는 뜻이지요.

한자 원문 問爾童子 或忘師德 其恩其功 亦如天地
문이동자 혹망사덕 기은기공 역여천지

33 하루에 하나씩 함께 써 봐요!

월 일

사제편

처음 글자를 배울 때는 글자의 획을 바르게 써라.
책이 어지럽게 널려 있거든 매번 반드시 정돈하라.

예문을 따라 한 자 한 자 예쁘게 써 보세요.

	처	음		글	자	를		배	울		때	는		글	자
의		획	을		바	르	게		써	라	.	책	이		어
지	럽	게		널	려		있	거	든		매	번		반	드
시		정	돈	하	라	.									

직접 써 보세요.

생각해 볼까요?

공부도 좋지만 그 자세가 중요하다는 뜻입니다. 글자를 쓸 때도 한 자 한 자 정성 들여 쓰고 주변 정리도 깨끗하게 하는 것이 배우는 이의 바람직한 태도겠죠?

한자 원문

始習文字 字劃楷正 書冊狼藉 每必整頓
시습문자 자획해정 서책낭자 매필정돈

사제편

아침에 일찍 일어나고 밤에 늦게 자며 책 읽기를 게을리하지 마라.
부지런히 공부하면 아버지와 어머니께서 기뻐하신다.

 예문을 따라 한 자 한 자 예쁘게 써 보세요.

아침에 일찍 일어나고 밤에 늦게 자며 책 읽기를 게을리하지 마라. 부지런히 공부하면 아버지와 어머니께서 기뻐하신다.

 직접 써 보세요.

아침 일찍부터 밤늦게까지 책을 보며 열심히 공부하면 부모님께서 기뻐하시겠지요?
하지만 잠이 부족하면 키가 쑥쑥 크지 못하니까 조심하세요!

한자 원문 夙興夜寐 勿懶讀書 勤勉工夫 父母悅之
숙흥야매 물라독서 근면공부 부모열지

35

하루에 하나씩 함께 써 봐요!

월 일

사제편

부모님께 효도하고자 하면서 어떻게 스승을 공경하지 않겠는가?
군자가 되고자 하면서 어떻게 스승을 따르지 않겠는가?

예문을 따라 한 자 한 자 예쁘게 써 보세요.

부모님께 효도하고자 하면서 어떻게 스승을 공경하지 않겠는가? 군자가 되고자 하면서 어떻게 스승을 따르지 않겠는가?

직접 써 보세요.

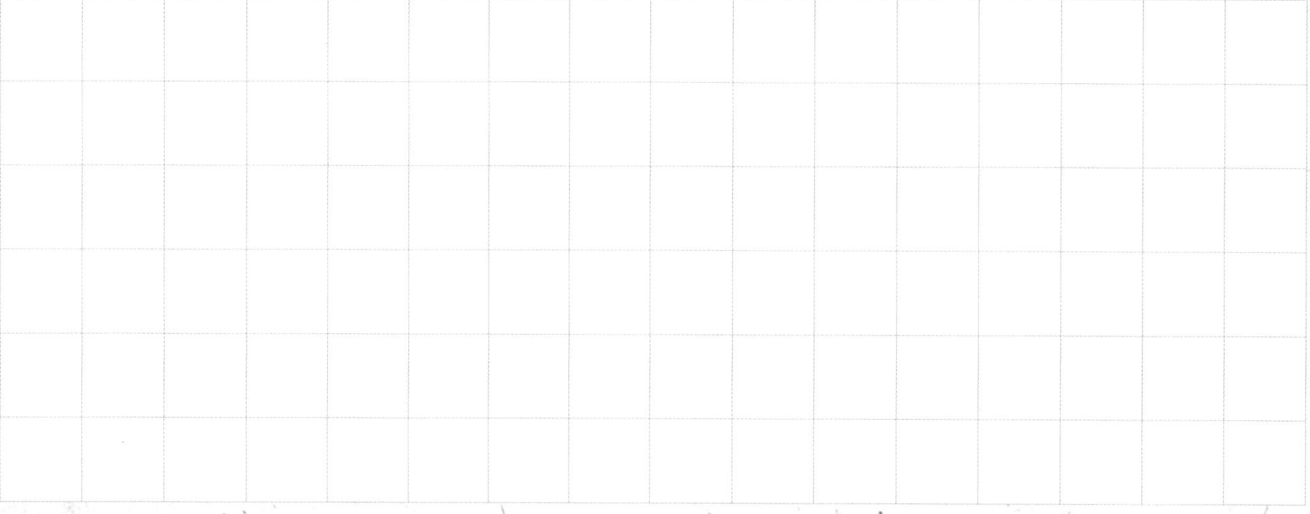

'군자'는 행동이 어질고 덕과 학문이 높은 사람입니다.
군자라면 선생님께 어떻게 행동할지 곰곰이 생각해 보세요.

欲孝父母 何不敬師 欲爲君子 何不從師
욕효부모 하불경사 욕위군자 하불종사

붕우편

사람이 세상을 사는데 친구가 없을 수 없다. 친구를 사귈 때는 마음을 알고 사귀어야 하며 겉으로만 사귀면 안 된다.

 예문을 따라 한 자 한 자 예쁘게 써 보세요.

사람이 세상을 사는데 친구가 없을 수 없다. 친구를 사귈 때는 마음을 알고 사귀어야 하며 겉으로만 사귀면 안 된다.

 직접 써 보세요.

친구와 형식적으로만 사귄다는 말이 무슨 뜻일까요?
여러분은 친구의 마음을 알려고 노력하고 있나요?

人之在世 不可無友 知心而交 勿與面交
인지재세 불가무우 지심이교 물여면교

37 하루에 하나씩 함께 써 봐요!

월 일

붕우편

백 개의 발이 있는 벌레는 죽어도 넘어지지 않으며,
친구가 많은 사람은 일을 당해도 잘못되는 일이 없다.

예문을 따라 한 자 한 자 예쁘게 써 보세요.

백 개의 발이 있는 벌레는 죽어도 넘어지지 않으며, 친구가 많은 사람은 일을 당해도 잘못되는 일이 없다.

직접 써 보세요.

주위에 좋은 친구가 많으면 일이 생겼을 때 도움을 많이 받을 수 있습니다.
서로 도움을 주고받을 수 있는 친구를 많이 사귀려면 어떻게 해야 할까요?

百足之蟲 至死不僵 多友之人 當事無誤
백족지충 지사불강 다우지인 당사무오

붕우편

나를 앞에 두고 착하다고 칭찬하면 아첨하는 사람이다.
나를 앞에 두고 나의 잘못을 꾸짖으면 굳세고 정직한 사람이다.

예문을 따라 한 자 한 자 예쁘게 써 보세요.

나를 앞에 두고 착하다고 칭
찬하면 아첨하는 사람이다. 나를
앞에 두고 나의 잘못을 꾸짖으
면 굳세고 정직한 사람이다

직접 써 보세요.

좋아하는 친구에게 그 친구가 저지른 잘못을 직접 말하는 데는 큰 용기가 필요하답니다. 여러분은 용기 있는 친구가 될 자신이 있나요?

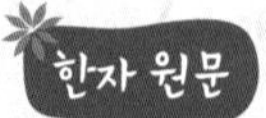

面讚我善 諂諛之人 面責我過 剛直之人
면찬아선 첨유지인 면책아과 강직지인

39 하루에 하나씩 함께 써 봐요!

월 일

붕우편

친구를 가려서 사귀면 도움과 유익함이 있고,
가려서 사귀지 않으면 도리어 해로움이 있다.

예문을 따라 한 자 한 자 예쁘게 써 보세요.

	친	구	를		가	려	서		사	귀	면		도	움	과
유	익	함	이		있	고	,	가	려	서		사	귀	지	
않	으	면		도	리	어		해	로	움	이		있	다	.

직접 써 보세요.

친구를 차별하면 안 되지만 나쁜 영향을 줄 수 있는 친구는 사귀면 안 되겠지요?
나에게 유익한 친구는 어떤 친구일지 생각해 보세요.

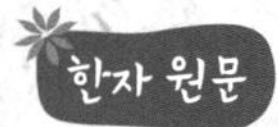

擇友交之 有所補益 不擇而交 反有害矣
택우교지 유소보익 불택이교 반유해의

40 하루에 하나씩 함께 써 봐요!

붕우편

바른 사람과 친구가 되면 나도 스스로 바르게 된다.
간사한 사람을 따라서 놀면 나도 스스로 간사하게 된다.

 예문을 따라 한 자 한 자 예쁘게 써 보세요.

바른 사람과 친구가 되면 나도 스스로 바르게 된다. 간사한 사람을 따라서 놀면 나도 스스로 간사하게 된다.

 직접 써 보세요.

어떤 친구를 사귀느냐에 따라 나의 품성도 달라진다는 뜻입니다.
여러분 주위에는 어떤 친구들이 있는지 생각해 보세요.

友其正人 我亦自正 從遊邪人 我亦自邪
우기정인 아역자정 종유사인 아역자사

41 하루에 하나씩 함께 써 봐요!

월 일

붕우편

쑥이 삼 속에서 크면 붙들지 않아도 스스로 곧게 큰다. 흰 모래가 진흙 속에 있으면 물들이지 않아도 스스로 더럽게 된다.

예문을 따라 한 자 한 자 예쁘게 써 보세요.

쑥이 삼 속에서 크면 붙들지 않아도 스스로 곧게 큰다. 흰 모래가 진흙 속에 있으면 물들이지 않아도 스스로 더럽게 된다.

직접 써 보세요.

쑥은 원래 곧게 자라는 식물이 아닌데 위로 길고 곧게 자라는 삼 속에서 크면 삼의 영향을 받아서 곧게 자란다는 뜻이지요. 여러분은 친구에게 삼 같은 친구가 되어 주고 있나요?

蓬生麻中 不扶自直 白沙在泥 不染自陋
봉생마중 불부자직 백사재니 불염자루

붕우편

다른 사람의 칭찬을 좋아하는 사람은 백 가지 일이 모두 거짓이고,
다른 사람의 꾸짖음을 싫어하는 사람은 행동에 발전이 없다.

 예문을 따라 한 자 한 자 예쁘게 써 보세요.

	다	른		사	람	의		칭	찬	을		좋	아	하	는
사	람	은		백		가	지		일	이		모	두		거
짓	이	고	,	다	른		사	람	의		꾸	짖	음	을	
싫	어	하	는		사	람	은		행	동	에		발	전	이
없	다	.													

 직접 써 보세요.

건강을 해치는 단것만 먹고 건강에 좋은 쓴 것을 안 먹으면 우리 몸이 어떻게 될까요?
마음도 마찬가지입니다. 기분 좋은 말만 듣다 보면 잘못된 길로 갈 수 있어요.

悅人讚者 百事皆僞 厭人責者 其行無進
열인찬자 백사개위 염인책자 기행무진

43 하루에 하나씩 함께 써 봐요!

월 일

붕우편

행동이 말과 같지 않으면 또한 미덥지 않다고 한다.
말은 하는데 미덥지 않으면 정직하지 않은 친구다.

예문을 따라 한 자 한 자 예쁘게 써 보세요.

	행	동	이		말	과		같	지		않	으	면		또
한		미	덥	지		않	다	고		한	다	.		말	은
	하	는	데		미	덥	지		않	으	면		정	직	하	지
않	은		친	구	다	.									

직접 써 보세요.

친구의 행동과 말이 다르면 믿음직스럽지 못한 친구이고, 그 친구는 정직한 사람이 아니라는 말입니다. 말과 행동이 같아야 한다는 사자성어 '언행일치言行一致'도 기억하세요!

行不如言 亦曰不信 言而不信 非直之友
행불여언 역왈불신 언이불신 비직지우

붕우편

친구끼리 서로 착한 일을 권하는 것은 친구에게서 어짊을 보충하는 것이다. 덕을 쌓는 것은 서로 권하고 잘못은 서로 바로잡아라.

 예문을 따라 한 자 한 자 예쁘게 써 보세요.

친구끼리 서로 착한 일을 권하는 것은 친구에게서 어짊을 보충하는 것이다. 덕을 쌓는 것은 서로 권하고 잘못은 서로 바로잡아라.

 직접 써 보세요.

친구가 착한 일을 하게 도우면 내 인성도 바르게 자랍니다.
친한 친구의 모습이 곧 내 모습이라는 사실을 잊지 마세요!

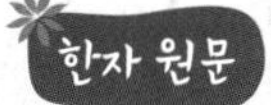

朋友責善 以友補仁 德業相勸 過失相規
붕우책선 이우보인 덕업상권 과실상규

45 하루에 하나씩 함께 써 봐요!

월 일

붕우편

친구로 지내면서 믿지 않으면 정직하지 않은 사람이다. 마음속으로는 멀리하면서 겉으로는 친한 척하면 이를 '불신'이라고 한다.

예문을 따라 한 자 한 자 예쁘게 써 보세요.

직접 써 보세요.

친구 사이에 중요한 것은 믿음이라는 뜻입니다. 친구에게 믿음을 주려면 어떻게 해야 하는지 생각해 보세요.

友而不信 非直之人 內疎外親 是謂不信
우 이 불 신 비 직 지 인 내 소 외 친 시 위 불 신

수신편

임금은 신하의 벼리가 되고, 아버지는 자식의 벼리가 되고, 남편은 아내의 벼리가 된다. 이것을 '삼강'이라고 한다.

 예문을 따라 한 자 한 자 예쁘게 써 보세요.

임금은 신하의 벼리가 되고,
아버지는 자식의 벼리가 되고.
남편은 아내의 벼리가 된다. 이
것을 '삼강'이라고 한다.

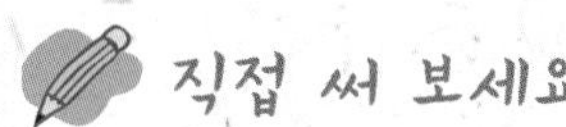

'벼리'란 그물을 이루고 있는 줄 중에서도 중심이 되는 줄로 여기에서는 '근본'을 말합니다.
'삼강'은 사람에게 기본이 되는 세 가지 윤리 강령이지요.

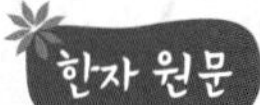

君爲臣綱 父爲子綱 夫爲婦綱 是謂三綱
군 위 신 강 부 위 자 강 부 위 부 강 시 위 삼 강

47 하루에 하나씩 함께 써 봐요!

월 일

수신편 아버지와 자식 사이에는 친함이 있어야 하고, 임금과 신하 사이에는 의리가 있어야 하며, 남편과 아내 사이에는 분별이 있어야 한다.

예문을 따라 한 자 한 자 예쁘게 써 보세요.

	아	버	지	와		자	식		사	이	에	는		친	함
이		있	어	야		하	고	,	임	금	과		신	하	
사	이	에	는		의	리	가		있	어	야		하	며	,
남	편	과		아	내		사	이	에	는		분	별	이	
있	어	야		한	다	.									

직접 써 보세요.

사람이 지켜야 할 다섯 가지 도리를 '오륜五倫'이라고 하는데 그중 세 가지입니다. 여러분이 지금 실천할 수 있는 것은 무엇일까요? 그리고 어떻게 실천하면 될까요?

父子有親 君臣有義 夫婦有別
부 자 유 친 군 신 유 의 부 부 유 별

수신편

어른과 아이 사이에는 차례가 있어야 하고, 친구와 친구 사이에는 믿음이 있어야 한다. 이것을 '오륜'이라고 한다.

 예문을 따라 한 자 한 자 예쁘게 써 보세요.

어른과 아이 사이에는 차례가 있어야 하고, 친구와 친구 사이에는 믿음이 있어야 한다. 이것을 '오륜'이라고 한다.

 직접 써 보세요.

앞 페이지에 나온 '오륜' 중 세 가지에 이어 나머지 두 가지입니다.
46번의 삼강과 47, 48번의 오륜을 합쳐 '삼강오륜'이라고 합니다.

長幼有序 朋友有信 是謂五倫
장유유서 붕우유신 시위오륜

49 하루에 하나씩 함께 써 봐요!

월 일

수신편

발동작은 꼭 무겁게 하고, 손동작은 꼭 공손하게 하고,
눈은 꼭 단정하게 하라.

예문을 따라 한 자 한 자 예쁘게 써 보세요.

발동작은 꼭 무겁게 하고, 손동작은 꼭 공손하게 하고, 눈은 꼭 단정하게 하라.

직접 써 보세요.

유교에서 덕과 학문이 높은 사람을 군자君子라고 부르며 군자가 항상 지켜야 할 신체 아홉 부분의 몸가짐을 구용九容이라고 하지요. 여러분도 오늘부터 한 가지씩 실천해 보세요.

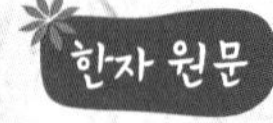

足容必重 手容必恭 目容必端
족 용 필 중 수 용 필 공 목 용 필 단

수신편 입은 꼭 다물고, 목소리는 꼭 고요하게 하고, 머리는 꼭 곧게 하라.

 예문을 따라 한 자 한 자 예쁘게 써 보세요.

	입	은		꼭		다	물	고	,	목	소	리	는		꼭
고	요	하	게		하	고	,	머	리	는		꼭		곧	게
하	라	.													

 직접 써 보세요.

글로 읽으면 쉬워 보이지만 행동해 보면 군자가 되는 일이 얼마나 어려운지 알게 될 거예요. 구용 중에서 오늘 실천한 것이 있는지 하루를 되돌아보세요.

한자 원문 口容必止 聲容必靜 頭容必直
구 용 필 지 성 용 필 정 두 용 필 직

51 하루에 하나씩 함께 써 봐요!

월 일

수신편

숨은 꼭 엄숙하게 쉬고, 서 있는 모습은 꼭 덕이 있어 보이게 하고, 표정은 꼭 씩씩해 보이게 지어라. 이것을 '구용'이라고 한다.

예문을 따라 한 자 한 자 예쁘게 써 보세요.

	숨	은		꼭		엄	숙	하	게		쉬	고	,	서	
있	는		모	습	은		꼭		덕	이		있	어		보
이	게		하	고	,	표	정	은		꼭		씩	씩	해	
보	이	게		지	어	라	.	이	것	을		'	구	용	'
이	라	고		한	다										

직접 써 보세요.

49~51번까지 군자의 아홉 가지 바른 몸가짐 즉, 구용을 배웠습니다.
그렇다면 군자의 바른 마음가짐에는 어떤 것이 있을까요?

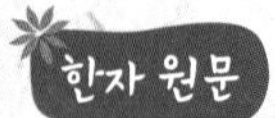

氣容必肅 立容必德 色容必莊 是謂九容
기 용 필 숙 입 용 필 덕 색 용 필 장 시 위 구 용

52 하루에 하나씩 함께 써 봐요!

월 일

수신편

세상을 볼 때는 꼭 밝은 면을 생각하고, 들을 때는 옳고 그름을 분별하여 들어 올바로 생각하고, 얼굴 표정은 온화함을 유지할 수 있게 밝고 따뜻한 것만 생각하라.

예문을 따라 한 자 한 자 예쁘게 써 보세요.

	세	상	을		볼		때	는		꼭		밝	은		면
을		생	각	하	고	,	들	을		때	는		옳	고	
그	름	을		분	별	하	여		들	어		올	바	로	
생	각	하	고	,	얼	굴		표	정	은		온	화	함	을
유	지	할		수		있	게		밝	고		따	뜻	한	
것	만		생	각	하	라	.								

직접 써 보세요.

군자의 아홉 가지 바른 생각을 구사九思라고 합니다.
오늘부터 한 가지씩 실천해 보세요.

視思必明 聽思必聰 色思必溫
시 사 필 명 청 사 필 총 색 사 필 온

53 하루에 하나씩 함께 써 봐요!

월 일

수신편

상대를 대할 때는 꼭 공손하게 할 것을 생각하고, 말을 할 때는 충직하고 바른 말만 할 것을 생각하고, 일처리를 할 때는 꼭 공경스럽게 할 것을 생각하라.

 예문을 따라 한 자 한 자 예쁘게 써 보세요.

상대를 대할 때는 꼭 공손하게 할 것을 생각하고, 말을 할 때는 충직하고 바른 말만 할 것을 생각하고, 일처리를 할 때는 꼭 공경스럽게 할 것을 생각하라.

직접 써 보세요.

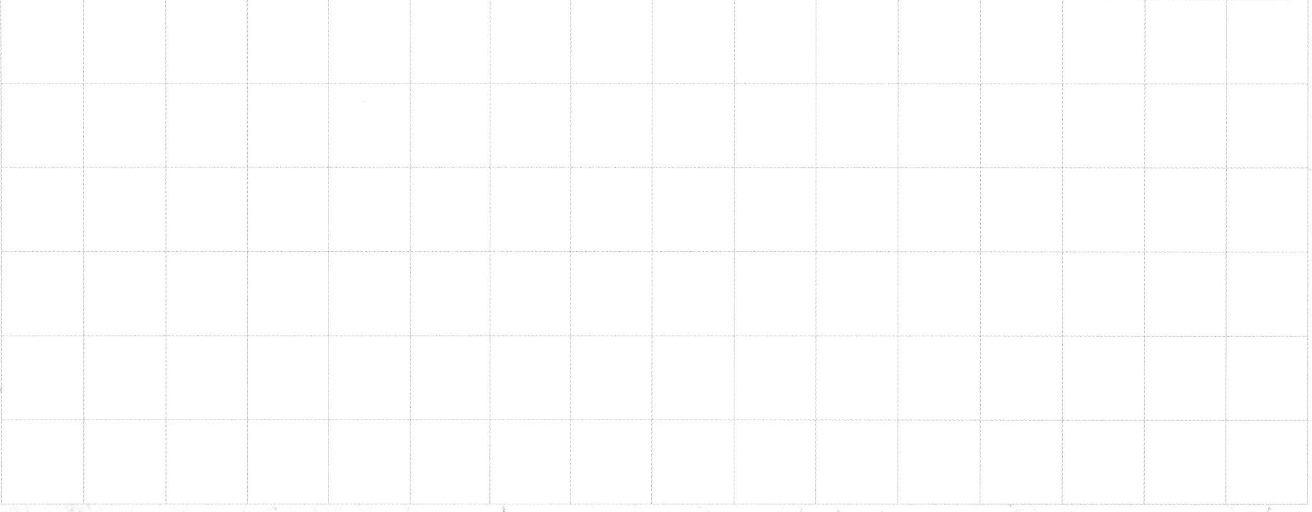

'공손하다'는 것은 말과 행동을 할 때 남을 존중하고 예의를 지킨다는 뜻입니다.

貌思必恭 言思必忠 事思必敬
모 사 필 공 언 사 필 충 사 사 필 경

54 하루에 하나씩 함께 써 봐요!

월 일

수신편

의심이 들 때는 꼭 물을 것을 생각하고, 화가 날 때는 꼭 어려웠던 때를 생각하고, 이익을 보면 꼭 옳은가를 생각하라. 이것을 '구사'라고 한다.

 예문을 따라 한 자 한 자 예쁘게 써 보세요.

	의	심	이		들		때	는		꼭		물	을		것
을		생	각	하	고	,	화	가		날		때	는		꼭
어	려	웠	던		때	를		생	각	하	고	,	이	익	을
보	면		꼭		옳	은	가	를		생	각	하	라	.	이
것	을		'	구	사	'	라	고		한	다	.			

 직접 써 보세요.

52~54번까지가 구사입니다. 일상생활에서 이 아홉 가지 예절을 지킬 수 있도록 노력해 보세요.

疑思必問 忿思必難 見得思義 是謂九思
의사필문 분사필난 견득사의 시위구사

55

하루에 하나씩 함께 써 봐요!

월 일

수신편

예가 아니면 보지 말고, 예가 아니면 듣지 마라. 예가 아니면 말하지 말고, 예가 아니면 움직이지 마라.

 예문을 따라 한 자 한 자 예쁘게 써 보세요.

	예	가		아	니	면		보	지		말	고	,	예	가
아	니	면		듣	지		마	라	.	예	가		아	니	면
말	하	지		말	고	,	예	가		아	니	면		움	직
이	지		마	라	.										

직접 써 보세요.

사람이 지켜야 할 도리에 어긋나는 것이면 보지도, 듣지도, 말하지도, 움직이지도 말라는 뜻입니다. 도리에 어긋나는데 보거나, 듣거나, 말하거나, 행동한 것은 없는지 생각해 보세요.

한자 원문 非禮勿視 非禮勿聽 非禮勿言 非禮勿動
비 례 물 시 비 례 물 청 비 례 물 언 비 례 물 동

수신편

서로 사랑하고 공경하는 것이 남편과 아내 사이의 예의다.
남편은 따뜻하고 아내는 순한 것이 가정 화목의 근본이다.

 예문을 따라 한 자 한 자 예쁘게 써 보세요.

직접 써 보세요.

가정이 화목하려면 남편과 아내가 어떻게 해야 하는지 가르쳐주는 말입니다.

愛之敬之 夫婦之禮 夫和婦順 家和之本
애지경지 부부지례 부화부순 가화지본

57 하루에 하나씩 함께 써 봐요!

월 일

수신편

착한 일을 많이 하는 집안에는 반드시 후손에게까지 복이 미치고, 악한 일을 많이 하는 집안에는 반드시 후손에게까지 재앙이 미친다.

예문을 따라 한 자 한 자 예쁘게 써 보세요.

직접 써 보세요.

착한 일을 하면 반드시 상을 받고 악한 일을 하면 반드시 벌을 받는다는 뜻입니다. 이와 비슷한 뜻의 사자성어로는 '인과응보因果應報'가 있지요.

한자 원문 積善之家 必有餘慶 積惡之家 必有餘殃
적선지가 필유여경 적악지가 필유여앙

수신편 몸을 닦고 집을 단정하게 하는 것이 나라를 다스리는 근본이다.

 예문을 따라 한 자 한 자 예쁘게 써 보세요.

	몸	을		닦	고		집	을		단	정	하	게		하
는		것	이		나	라	를		다	스	리	는		근	본
이	다	.													

 직접 써 보세요.

나라가 바로 서려면 국민 한 사람이, 한 가정이 먼저 바로 서야 한다는 뜻입니다.
나라에 보탬이 되는 국민으로 살아가려면 어떻게 해야 할까요?

修身齊家 治國之本
수신제가 치국지본

59 하루에 하나씩 함께 써 봐요!

월 일

수신편

어른은 아이를 사랑하고, 아이는 어른을 공경해야 한다. 어른과 노인 앞에 나아가고 물러날 때에는 꼭 공손히 행동해야 한다.

예문을 따라 한 자 한 자 예쁘게 써 보세요.

	어	른	은		아	이	를		사	랑	하	고	,	아	이
는		어	른	을		공	경	해	야		한	다	.	어	른
과		노	인		앞	에		나	아	가	고		물	러	날
때	에	는		꼭		공	손	히		행	동	해	야		한
다	.														

직접 써 보세요.

생각해 볼까요?

나이 많은 어른을 예의 바르게 대하면 분명히 그 어른은 사랑을 베풀 것입니다.
내일부터 공손한 행동으로 어른들께 사랑받는 착한 어린이가 되어 보세요.

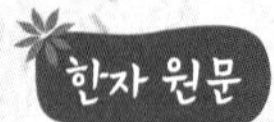

한자 원문

長者慈幼 幼者敬長 長老之前 進退必恭
장자자유 유자경장 장로지전 진퇴필공

어른이 과일을 주시면 씨를 손에 들고 있고, 어른이 고기를 주시면 뼈를 개에게 던지지 마라.

 예문을 따라 한 자 한 자 예쁘게 써 보세요.

	어	른	이		과	일	을		주	시	면		씨	를	
손	에		들	고		있	고	,	어	른	이		고	기	를
주	시	면		뼈	를		개	에	게		던	지	지		마
라															

 직접 써 보세요.

어른이 주신 것은 먹고 남은 과일 씨나 고기 뼈라도 함부로 하면 안 된다는 뜻입니다.
어른이 무엇을 주시면 감사하게 받고 소중하게 다루는 습관을 길러 보세요.

長者賜果 核子在手 長者賜肉 骨不投狗
장자사과 핵자재수 장자사육 골불투구

월 일

수신편

글을 읽고 검소하게 살려고 노력하는 것은 집안을 일으키는 근본이다.
낮에는 밭을 갈고 밤에는 글을 읽으며, 손에서 책을 놓지 마라.

예문을 따라 한 자 한 자 예쁘게 써 보세요.

	글	을		읽	고		검	소	하	게		살	려	고	
노	력	하	는		것	은		집	안	을		일	으	키	는
근	본	이	다	.	낮	에	는		밭	을		갈	고		밤
에	는		글	을		읽	으	며	,	손	에	서		책	을
놓	지		마	라	.										

직접 써 보세요.

책을 읽고 열심히 공부하는 것뿐 아니라, 그림이나 운동처럼 자기가 잘하고 좋아하는 것을 열심히 하면 원하는 꿈을 이룰 수 있답니다.

한자 원문 讀書勤儉 起家之本 晝耕夜讀 手不釋卷
독서근검 기가지본 주경야독 수불석권

월 일

수신편

다른 사람의 책을 빌리면 못 쓰게 만들지 말고 반드시 온전하게 하라.

예문을 따라 한 자 한 자 예쁘게 써 보세요.

다른 사람의 책을 빌리면 못 쓰게 만들지 말고 반드시 온전하게 하라.

직접 써 보세요.

친구에게 아끼는 책을 빌려주었다가 돌려받았는데 책이 찢어져 있거나 낙서가 되어있다고 생각해 보세요. 속이 상하겠죠? 남의 물건도 내 것처럼 아껴야 한다는 교훈입니다.

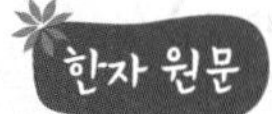

借人典籍 勿毁必完
차 인 전 적 물 훼 필 완

63 하루에 하나씩 함께 써 봐요!

월 일

수신편

가난하고, 처지가 딱하고, 걱정이 많고, 어려울 때에는 친척끼리 서로 도와야 한다. 결혼을 하거나 상을 당했을 때에는 이웃끼리 서로 도와야 한다.

예문을 따라 한 자 한 자 예쁘게 써 보세요.

가난하고, 처지가 딱하고, 걱정이 많고, 어려울 때에는 친척끼리 서로 도와야 한다. 결혼을 하거나 상을 당했을 때에는 이웃끼리 서로 도와야 한다.

직접 써 보세요.

친척과 이웃은 가족이 아니지만 가까운 곳에서 도움을 주고받을 수 있는 사이입니다.
이들에게 힘든 일은 없는지 항상 관심을 보여 주세요.

한자 원문 貧窮患難 親戚相救 婚姻死喪 隣保相助
빈궁환난 친척상구 혼인사상 인보상조

수신편

내가 하고 싶지 않은 일을 다른 사람이 하게 하지 마라.
착한 것을 보면 이를 따르고, 잘못을 알게 되면 이를 꼭 고쳐라.

 예문을 따라 한 자 한 자 예쁘게 써 보세요.

	내	가		하	고		싶	지		않	은		일	을	
다	른		사	람	이		하	게		하	지		마	라	.
착	한		것	을		보	면		이	를		따	르	고	,
잘	못	을		알	게		되	면		이	를		꼭		고
쳐	라	.													

 직접 써 보세요.

쓰레기통을 비우거나 화장실을 청소하는 것은 누구나 하기 싫어하는 일입니다.
더럽다고 다른 친구들에게 미루기만 하면 군자가 될 수 없어요.

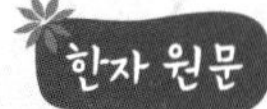

己所不欲 勿施於人 見善從之 知過必改
기소불욕 물시어인 견선종지 지과필개

수신편 만족을 알면 즐거울 것이고, 욕심을 부리면 걱정이 있을 것이다.

예문을 따라 한 자 한 자 예쁘게 써 보세요.

직접 써 보세요.

생각해 볼까요? 지금 가진 것에 감사하지 않고 나에게 없는 것만 욕심내면 어떻게 될까요? 하루를 즐겁게 살아가느냐, 우울하게 살아가느냐는 바로 내 마음가짐에 달려 있다는 사실을 잊지 마세요.

한자 원문 知足可樂 務貪則憂
지 족 가 락 무 탐 즉 우

66 하루에 하나씩 함께 써 봐요!

수신편 재앙과 화는 문이 없으니 오직 사람이 스스로 부르는 것이다.

 예문을 따라 한 자 한 자 예쁘게 써 보세요.

	재	앙	과		화	는		문	이		없	으	니		오
직		사	람	이		스	스	로		부	르	는		것	이
다	.														

 직접 써 보세요.

사자소학의 효행 편, 형제 편, 사제 편, 붕우 편, 수신 편을 읽고 따라 써 보았습니다.
배운 내용을 실천하는 슬기로운 어린이가 되세요.

禍福無門 惟人自招
화 복 무 문 유 인 자 초

- HRS 학습센터는 어린이가 손으로(HAND), 반복해서(REPEAT), 스스로(SELF) 하는 학습법을 계발하고 연구하기 위해 모인 출판기획모임입니다.
- 이 책에 나오는《사자소학》의 글귀는 원문의 참뜻을 잘 이해할 수 있도록 초등학생의 눈높이에 맞게 적절히 손보았음을 밝혀 둡니다.

어린이를 위한

사자소학 따라쓰기

기획·엮음 HRS 학습센터

1판 1쇄 발행 2013년 8월 30일
1판 11쇄 발행 2022년 4월 1일

발행처 루돌프
발행인 신은영

등록번호 제2012-000136호
등록일자 2008년 5월 19일

주소 경기도 고양시 일산동구 위시티1로 7, 507-303
전화 (070)8224-5900 팩스 (031)8010-1066

값은 표지에 있습니다.
ISBN 978-89-98755-03-4 63710

이메일 coolsey2@naver.com